마법 소녀 루오카

6 우리는 영원한 친구!

2025년 1월 10일 초판 인쇄

글 미야시타 에마 | 그림 고우사기 | 옮김 봉봉

기획 이성애 | 편집 한명근 | 교정 · 교열 권혜정
마케팅 한명규 | 디자인 김성엽의 디자인모아

발행처 (주)가람어린이

출판등록 2002년 9월 16일 제2002-000291호
주소 경기도 고양시 덕양구 삼원로 63, 1015호
전화 02-323-2160 | 팩스 02-6008-2150
전자우편 garambook@garambook.com
블로그 blog.naver.com/garamchildbook
인스타그램 instagram.com/garamchildbook
X(트위터) twitter.com/garamchildbook
유튜브 가람어린이tv 카카오톡 채널 가람어린이출판사

ISBN 979-11-6518-360-8 (73830)

마법 소녀 루오카

6 우리는 영원한 친구!

글 미야시타 에마

그림 고우사기

옮김 봉봉

가람어린이

마법계와 인간계,
두 세계를 연결하는
신비로운 문

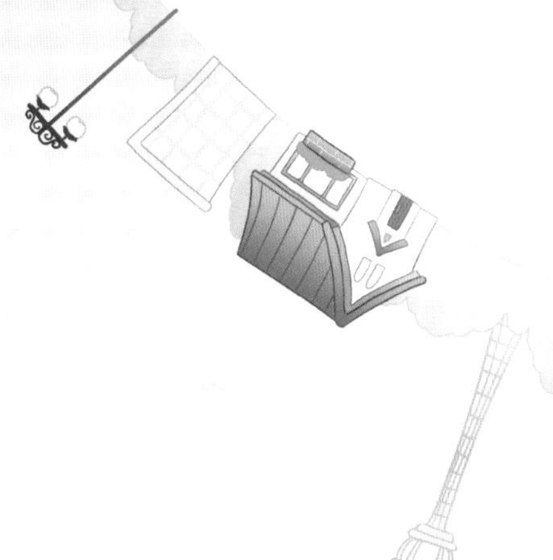

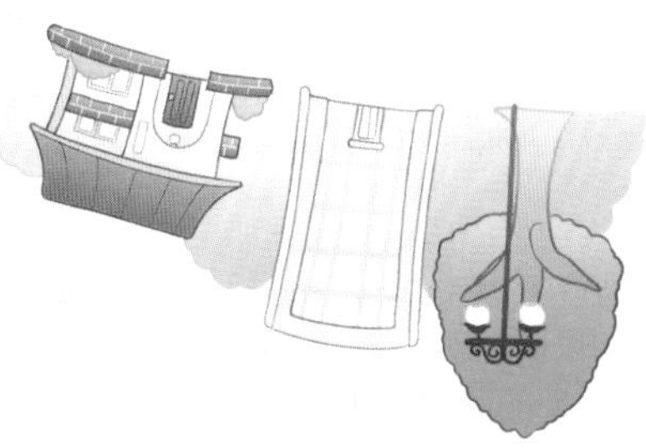

그 문으로 들어가면

내가 모르는

낯선 세계가

눈앞에 펼쳐져

그 친구가 있어서

내가 변하고,

내가 있어서

그 친구도 변해

우리 둘은

영원한 친구야!

누구보다도

특별한 친구!

차례 Contents

카오루 이야기

루오카 이야기

등장인물
Character

인간계

카오루

마법을 동경하는
초등학교 4학년 여자아이.
신비로운 마법 카드를
가지고 있다.

아미

린

레이나

??

카오루네 반 전학생

마법의 거리

마법 상점이 늘어선 거리.
단, 마법템은 하루에
한 개만 살 수 있다.

마법 카드

마법의 거리에서
마법템을 살 수 있는
카드이다.

등장인물

Character

마법계

어떤 마법이든 다 부릴 수 있는
뛰어난 마법사.
마법 학교 4학년이다.

루오카를 지켜 주고
돌봐 주는 동물 시종.

미오나

루오카의 엄마로,
마법계에서
최고의 마력을 가진
마법사이다.

오키토

루오카의 아빠로,
살아 있을 땐
유명한 마법사였다.

✷ 지난 이야기

우연히 길에서 마법 카드를 주운 카오루는
마법사 루오카와 친구가 된다. 마법의 거리로
들어가 마법 카드로 여러 가지 마법템을 산 카오루.
이제 마법 카드에 충전된 룬이 얼마 남지 않았다!
마법 카드를 다 쓰면 카오루와 루오카는
어떻게 될까……?

카오루 이야기

학교에 가던 카오루는 발걸음을 멈추고 하늘을 올려다보았다. 아침 공기가 오늘따라 시원하게 느껴졌다.

'요즘 루오카가 날 만나러 오질 않네…….'

카오루에겐 비밀 친구가 있다. 바로 마법사 루오카다.

'맞다, 지금은 마법 학교 시험 기간이랬지?'

또래보다 마법 실력이 뛰어난 루오카에게 시험 공부를 도와 달라고 부탁하는 친구들이 많아서, 루오카는 그동안 카오루를 만나러 인간계에 올 수가 없었다.

'루오카가 학교 친구들이랑 친해진 건 잘된 일이지만…….'

카오루는 왠지 아쉬운 마음이 들어 한숨을 폭 내쉬었다.

사실 루오카는 얼마 전까지 학교에 나가지 않았다. 수업 시간에 배우는 마법들은 이미 다 알고 있는 거라서 시시했고, 학교에 친구가 한 명도 없었기 때문이다.

하지만 카오루가 루오카로 변신해서 마법 학교에 간 날부터 루오카에게도 친구가 생겼다. 그 뒤로 루오카는 꼬박꼬박 학교에 나가고 있다.

'그렇지만 루오카를 못 만나는 건 역시 싫어.'

카오루와 루오카는 떨어져 있을 땐 '천사의 비밀 수첩'이라는 마법템으로 연락을 주고받았다. 하고 싶은 말을 쓰면, 상대방이 얼마나 멀리 떨어져 있든 메시지를 전달해 주는 수첩이었다. 하지만 이제 수

첩에 남은 페이지가 얼마 없었다.

그래서 새로운 수첩을 사야겠다고 마음먹었지만, 강아지를 잃어버린 친구를 돕기 위해 다른 마법템을 사는 바람에 수첩은 아직 사지 못했다.

'그래, 이번엔 꼭 수첩을 새로 사자! 내일 학교 끝나고 루오카한테 마법의 거리에 같이 가자고 해야겠어!'

교실에 도착한 카오루가 자기 자리로 가는데, 아미가 뒤에서 불렀다.

"카오루!"

아미의 주위에는 린과 레이나도 있었다.

"안녕!"

카오루는 가방을 멘 채 친구들에게 다가갔다.

"카오루, 그거 알아?"

"오늘 우리 반에 전학생이 온대!"

린과 레이나가 눈을 반짝이며 신이 난 목소리로 말했다.

"그래?"

아미가 흥분한 듯 몸을 내밀었다.

"교무실 앞에서 우리 담임 선생님이 처음 보는 여자애랑 이야기하는 걸 봤어."

"머리가 엄청 긴 애였어."

린이 덧붙였다.

"우리랑 친구가 되어 줄까?"

레이나가 물었다.

"다 같이 말을 걸어 보자!"

카오루가 말했다.

"찬성!"

카오루와 친구들이 들떠서 재잘거리고 있을 때

조회 시간을 알리는 종이 울리고 선생님이 교실로 들어왔다.

"애들아, 자리에 앉으렴."

카오루는 서둘러 자리에 앉았다.

선생님 옆에는 아미와 린이 말했던 긴 머리 여자아이가 서 있었다.

"오늘 우리 반으로 전학 온 코리라고 한단다. 다들 친하게 지내렴."

선생님이 칠판에 이름을 적고 전학생을 소개했다.

'이름이 코리구나.'

카오루는 설레는 마음으로 친구들과 함께 힘차게 박수를 쳤지만, 코리는 고개를 푹 숙인 채 인사도 하지 않고 서 있었다.

'부끄러움이 많나 봐. 쉬는 시간에 가서 말 걸어 봐야지.'

1교시가 끝난 후, 카오루는 서둘러 코리의 자리로 갔다.

"안녕! 난 카오루라고 해. 친하게 지내자!"

빙긋 웃으며 손을 흔들었지만 코리는 아무 말도 하지 않았고 카오루를 쳐다보지도 않았다. 그저 무릎 위에 올린 자신의 손만 빤히 내려다보고 있을 뿐이었다.

'어……? 내 말 못 들었나?'

그때 아미와 린, 레이나도 다가와 코리 주위를 둘러쌌다.

"난 아미라고 해. 우리 학교에 온 걸 환영해."

"나는 린이야. 우리 친하게 지내자."

"안녕? 내 이름은 레이나야. 넌 어느 학교에서 전학 왔어?"

질문이 쏟아졌지만 코리는 여전히 아무 말 없이 어깨를 축 늘어뜨린 채 아래만 보고 있었다.

'왜 아무 말도 안 하지?'

카오루는 고개를 갸웃했다.

그때 수업 시작을 알리는 종소리가 울렸다.

카오루와 친구들은 당황한 얼굴로 서로를 잠시 바라보다가 각자의 자리로 돌아갔다.

그 후로 쉬는 시간마다 아이들이 코리에게 가서 말을 걸었지만, 코리는 오전 시간 내내 아무하고

도 이야기하지 않았다.

“왜 아무 말도 하지 않는 거지?”

“친해지면 좋을 텐데.”

“우리랑 친해지기 싫은 건가?”

점심시간, 반 친구들이 모여서 웅성거리는 소리를 카오루는 조용히 듣고 있었다.

‘정말 그런 걸까…….’

오후가 되자 다들 포기했는지, 더 이상 아무도 코리에게 말을 걸지 않았다. 코리는 여전히 고개를 푹 숙인 채 계속 혼자 있었다.

종례가 끝나고, 카오루는 앞서 교실을 빠져나가는 코리를 바라보며 교실을 나왔다.

‘코리는 정말 친구를 사귀고 싶지 않은 건가? 그런 것 같지는 않은데…….’

2

외로운 코리

"다녀왔습니다!"

카오루는 집에 도착하자마자 손을 씻고 자기 방으로 들어갔다. 그리고 곧장 서랍에서 하늘색 수첩을 꺼내 깃털 펜으로 메시지를 적었다.

루오카, 내일 학교 끝나고 마법의 거리에
같이 갈래?

전학생이 왔다는 얘기도 적고 싶었지만, 페이지가 얼마 남지 않았기 때문에 꾹 참았다.

'그 얘기는 만나서 하면 돼.'

카오루는 자신이 쓴 하늘색 글자를 가만히 들여다보았다. 루오카가 메시지를 읽으면 글자가 연보라색으로 변하는데, 아직 읽지 않았는지 글자 색이 변하지 않았다.

'아직 시험이 안 끝났나?'

그때, 글자가 연보라색으로 변하고 루오카에게서 답장이 왔다.

오늘 시험이 끝났어.

내일이라면 갈 수 있어.

"아싸! 드디어 내일 루오카랑 만날 수 있다!"

카오루는 신이 나서 두 손을 번쩍 들었다.

'이번에야말로 반드시 비밀 수첩을 사야지!'

카오루는 다짐했다.

'수첩을 사고 나면 루오카랑 우리 집에 와서 간식을 먹으면서 그동안 밀린 수다를 떨어야지. 오랜만에 만나는 거니까…….'

루오카의 답장을 보면서 이런저런 즐거운 상상을

하고 있을 때, 방문을 노크하는 소리가 들렸다.

"카오루, 이리 나와 봐."

'앗, 엄마다.'

"잠깐만요!"

카오루는 서둘러 수첩을 책상 서랍에 넣고 방을 나갔다.

"무슨 일인데요?"

"이리 와 봐."

엄마가 현관에서 손짓하고 있었다.

엄마에게 다가가던 카오루는 깜짝 놀라 저도 모르게 소리쳤다.

"코리……?"

현관 앞에 코리와 코리의

엄마로 보이는 아줌마가 서 있었다.

"같은 층으로 이사를 왔다는구나."

엄마의 말에 코리의 엄마가 미소 지으며 고개를 끄덕였다.

"안녕, 카오루? 코리랑 같은 반이라지?"

"아, 네……."

카오루는 허리를 굽히고 예의 바르게 인사했다.

하지만 코리는 엄마 옆에서 굳은 표정을 한 채

서 있었다.

“코리가 낯을 많이 가린단다. 우리 코리랑 친하게 지내 주렴.”

몇 번이나 인사를 한 뒤 아줌마는 코리를 데리고 떠났다.

현관문이 닫히자 엄마가 카오루에게 말했다.

“아빠 직장 때문에 이 동네로 이사 왔다는구나. 부모님이 맞벌이를 하셔서 지금까지 계속 할머니가 길러 주셨대. 하지만 갑작스럽게 이사하는 바람에 사랑하는 할머니와 친한 친구들과 헤어져야 했나 봐.”

‘그렇구나. 그래서 그렇게 기운이 없었구나.’

카오루는 만약 자신이 코리와 같은 상황이라면 어땠을까 생각해 보았다. 아미와 린과 레이나와 갑작스럽게 헤어져 낯선 학교로 전학 가야 한다면…….

'분명 엄청 외로울 거야. 내일 다시 말을 걸어 봐야지.'

✦

다음 날, 학교에 도착한 카오루는 곧바로 코리의 자리로 가서 인사를 했다.

"안녕, 코리!"

코리는 고개를 숙인 채 아주 살짝 고개를 끄덕였다.

'역시, 새로운 생활에 아직 적응을 못 한 거야.'

자리로 돌아가려던 카오루는 다시 한 번 코리를 돌아보았다. 여전히 고개를 숙이고 책상을 물끄러미 보고 있었다.

그때, 문득 한 가지 생각이 들었다.

'저 옆모습, 누굴 닮은 것 같은데…….'

잠시 생각하던 카오루는 누구와 닮았는지 퍼뜩 생각이 났다.

'맞아, 리코랑 엄청 닮았어!'

리코는 루오카의 마법 학교 친구였다. 리코는 긴 머리카락을 양 갈래로 땋고 다녔지만, 턱선과 꾹 다문 입매가 코리와 똑 닮았다.

심지어 리코와 코리, 이름도 연관이 있었다.

'이건 그냥 우연일까?'

카오루는 이건 운명 같은 만남이라는 생각이 들었다. 자신과 루오카처럼.

'코리가 얼른 기운을 차리게 해 주고 싶어! 마법의 거리에 좋은 마법템이 없으려나…….'

마법의 거리에서는 하루에 딱 한 번만 마법템을 살 수 있다. 오늘이야말로 비밀 수첩을 꼭 사려고 했지만…….

'어차피 루오카도 시험이 끝났으니까 수첩은 다음에 가서 사면 되지, 뭐. 그리고 루오카도 리코랑 닮은 친구를 돕고 싶다고 하면 반가워할 거야!'

카오루는 혼자 생각하며 고개를 끄덕였다.

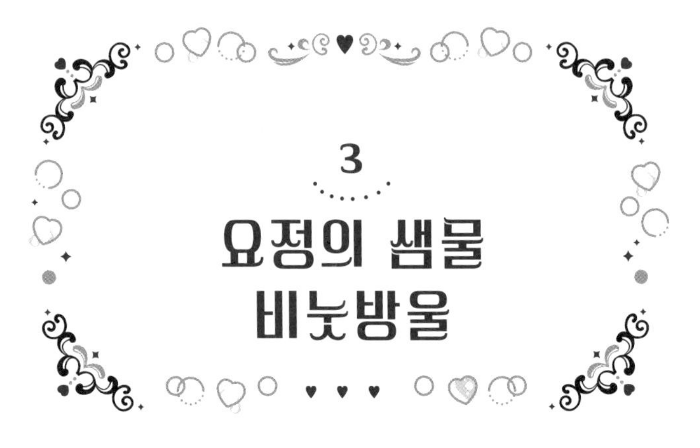

3 요정의 샘물 비눗방울

카오루는 학교를 마치자마자 곧장 집으로 달려갔다. 그리고 책상 서랍에서 마법 카드를 꺼내 역 뒤쪽 골목길로 달려갔다.

이제는 눈에 익은 벽돌담에 마법 카드를 가져다 대며 눈을 감았다. 곧 온몸이 눈부신 빛에 휩싸이는 느낌이 들었다.

'하나, 둘, 셋……!'

마음속으로 숫자를 세고 눈을 뜨자, 마법의 거리가 눈앞에 펼쳐졌다.

바로 앞에 보이는 분수 광장에 루오카가 서 있었다.

"카오루, 여기야!"

루오카가 동물 시종 바닐라를 어깨에 태우고 손을 흔들었다.

"꺅! 루오카! 오랜만이야!"

카오루는 달려가 루오카를 꼭 껴안았다.

"자, 잠깐! 무슨 일 있었어?"

당황한 루오카가 얼굴을 붉히고 물었다.

"루오카가 요즘 날 보러 통 안 왔잖아! 너무 오랜만이라 반가워서 그러지."

카오루의 말에 루오카는 입을 삐쭉 내밀었다.

"시험 기간이라고 했잖아. 반 친구들의 시험 공

부를 도와줘야 해서 어쩔 수 없었다고."

"그건 알지만…… 아무튼, 오랜만에 만나니까 너무 기뻐! 정말 신나!"

루오카는 얼굴을 살짝 찌푸렸다.

"호들갑 좀 떨지 마."

"호들갑은 누가 떨었더라?"

바닐라가 놀리듯 말했다.

"카오루랑 만나는 게 기다려져서 어젯밤에 제대로 잠도 못 잔 주제에!"

"시, 시끄러워! 입 다물고 얌전히 있어, 바닐라!"

루오카가 검지를 들자마자 바닐라는 입을 다물고 통통 튕기듯 루오카의 망토 속으로 쏙 들어가 버렸다.

'후훗! 바닐라도 참. 별 얘기를 다 한다니까.'

카오루는 루오카 몰래 싱긋 웃었다.

"그것보다, 빨리 가자. 아까 천사의 비밀 수첩을 파는 상점을 봤어. 언제 사라질지 몰라."

루오카가 발걸음을 옮기며 말했다.

"앗, 잠깐만!"

카오루는 서둘러 루오카를 멈춰 세웠다.

"루오카, 사실은 말이야……."

카오루는 루오카에게 코리에 대해 이야기해 주었다.

전학생이 있는데, 누가 말을 걸어도 아무 대답도 안 하고 외롭게 있다는 것, 그리고 아빠 직장 때문에 할머니와 친구들과 갑자기 헤어져서 이사를 와야 했다는 이야기까지.

"그래서…… 오늘은 그 애에게 도움이 될 만한 물건이 있는지 찾아보고 싶어."

이야기를 모두 들은 루오카의 얼굴이 딱딱하게

굳었다.

"또 친구 때문에? 이제 수첩도 거의 다 써서 없는 건 알지?"

"알고 있어……. 근데, 코리가 리코랑 똑같이 생겼단 말이야."

"리코랑?"

루오카가 눈썹을 치켜세웠다.

"응, 그래서 더 가만히 있을 수 없었어."

"흠…… 그 애 이름이 '코리'라고?"

카오루는 고개를 끄덕였다.

잠시 생각하던 루오카가 작게 한숨을 내쉬었다.

"알았어. 어쩔 수 없지. 그럼 그 친구에게 필요한 물건을 사러 가자."

"정말? 고마워, 루오카!"

카오루는 루오카에게 얼른 팔짱을 꼈다.

"야, 너무 달라붙지 마. 걷기 힘들단 말이야."

루오카는 새빨개진 얼굴로 팔을 빼려고 했지만 행동과 반대로 어쩐지 기뻐 보였다.

"후후후! 가자, 가자!"

카오루는 루오카를 이끌고 상점으로 들어갔다.

화장품 가게, 아기자기한 소품을 파는 가게, 달콤한 냄새가 나는 디저트 가게, 그리고 노점상까

지……. 어디든 멋진 마법템을 팔고 있었지만 딱히 이거다 싶은 건 없었다.

"음, 뭘 사면 좋을지 모르겠어. 아! 여기 들어가 보자."

이번에는 필요한 물건이 있길 간절히 바라며 카오루는 문을 힘껏 열었다.

수정처럼 투명한 벽에 은색 빛이 레이스 커튼처럼 흔들리는 멋진 상점이었다.

"이건 어때?"

루오카가 무지갯빛 작은 병을 집어 카오루에게 보여 주었다. 병 입구에는 하얀 리본이 묶여 있었다.

"와, 정말 예쁘다! 꼭 우리 엄마 방에 있는 향수 같아!"

카오루는 감탄하며 병을 창가에 올려 두었다. 빛을 받자 작은 병 안쪽에서 오로라처럼 신비로운 빛

이 났다. 황홀할 정도로 아름다웠다.

"이건 어디다 쓰는 물건이지?"

"그건 '요정의 샘물 비눗방울'이란다."

갑자기 어디선가 들려온 낭랑한 목소리에 카오루는 깜짝 놀라 뒤를 돌아보았다.

은색 머리 점원이 카오루와 루오카 앞에 사뿐 날아 내려왔다.

'우아!'

카오루는 자기도 모르게 감탄했다.

진한 쌍꺼풀에 귀가 뾰족하고, 투명할 정도로 하얀 피부에 키가 큰 예쁜 남자였다.

"아, 비눗방울이구나! 근데 이건 어떻게 사용하면 돼요?"

카오루가 두근거리는 마음으로 묻자 은색 머리 점원이 싱긋 웃으며 말했다.

"간단해. 여기 이 뚜껑에 연결돼 있는 빨대를 입으로 후 불면 끝이야. 자세한 사용법은 설명서를 보렴."

카오루와 루오카는 머리를 맞대고 설명서를 읽어 보았다.

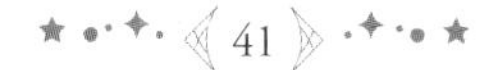

마법템 사용 설명서

마음에 간직한 추억을 보여 주는

요정의 샘물 비눗방울

마력 ★

효과

사람에게 환각을 보여 주어 마음을 어지럽히는 요정들.
그런 요정들의 왕국에서 솟는 샘물로 만든 비눗방울이 여러분에게 추억을 선물합니다.

사용 방법

보고 싶은 사람, 소중한 추억을 떠올리며
빨대로 불면 비눗방울 안에서 영상이 재생됩니다.

사용 시 주의 사항

먹으면 절대 안 됩니다.
삼키지 않도록 조심하세요!

"간단히 말하면 머릿속에 간직하고 있는 추억을 영상으로 보여 준다는 거네. 이 비눗방울이라면 코리라는 친구한테 딱이겠는데?"

루오카의 설명을 들은 카오루는 비눗방울을 사야겠다고 마음을 굳혔다.

"응, 분명 좋아할 거야! 이걸로 할래!"

그때 갑자기 루오카의 망토에서 바닐라가 튀어 나왔다.

"잠깐 기다려!"

"왜 그래, 바닐라?"

카오루와 루오카가 깜짝 놀라 동시에 물었다.

바닐라는 점원에게 들리지 않도록 카오루의 귓가에 속삭였다.

“이 비눗방울을 인간에게 사용할 거면, 절대 마법템이라는 걸 들키지 않게 조심해야 해!”

카오루는 고개를 끄덕였다.

“걱정 마. 솔로몬의 수다 반지를 썼을 때도 아무한테도 들키지 않았어.”

“그럼 다행인데…….”

바닐라는 그래도 마음이 놓이지 않는지, 걱정스러운 얼굴로 카오루와 비눗방울을 번갈아 바라보았다.

‘바닐라는 마법에 관해선 아주 신중해진다니까.’

카오루는 바닐라를 루오카에게 맡기고 은색 머리 점원에게 물었다.

“이건 얼마예요?”

“2룬이야.”

점원이 맑은 목소리로 대답했다.

‘2룬……. 별로 안 비싸네.’

카오루는 가방에서 마법 카드를 꺼냈다.

그때, 전에 솔로몬의 수다 반지를 살 때 점원이 한 말이 생각났다.

“카드에 잔액이 조금밖에 남지 않았더구나. 다음에 물건을 사기 전에 충전해 놓는 게 좋을 거야.”

‘2룬밖에 안 하니까 괜찮겠지? 근데 이걸 사면 천사의 비밀 수첩을 살 돈이 없는 거 아닐까?’

카오루가 비눗방울 병을 손에 든 채 생각에 잠겨 있자, 루오카가 팔꿈치를 툭 쳤다.

"왜 그래? 마음에 안 들어?"

"아니, 그게 아니라……."

카오루가 머뭇거리며 점원의 눈치를 살피자, 은색 머리 점원이 카오루의 손에서 병을 가져갔다.

"마음에 안 들면 안 사도 괜찮아. 어차피 딱 하나 남은 물건이라……."

점원은 가볍게 점프해서 병을 원래 있던 자리에 갖다 놓으려고 했다.

"엇! 잠시만요! 사, 살게요!"

카오루는 서둘러 마법 카드를 내밀었다. 딱 하나 남았다는 말에 마음이 다급해졌다.

"그럼 포장해 줄게. 기다리렴."

싱긋 웃으며 마법 카드를 건네받은 점원이 계산대로 가서 카드를 긁었다.

띠리링!

별들이 노래하는 듯한 경쾌한 소리가 울렸다.

점원은 비눗방울 병을 예쁜 쇼핑백에 넣어 카드와 함께 카오루에게 건네주었다.

"자, 받으렴. 구매해 줘서 고마워."

쇼핑백 손잡이에는 병에 묶여 있던 것과 똑같은 색깔의 리본이 묶여 있었다.

'우아, 정말 예쁘다!'

카오루는 마법 카드와 쇼핑백을 받고 환하게 미소 지었다.

"근데, 이건 쓸데없는 참견일지도 모르지만 말이야……."

은색 머리 점원이 카오루의 귓가에 속삭였다.

"마법 카드에 1룬밖에 안 남았더라. 다음번에 쓰려면 미리 충전하는 게 좋을 거야."

'헉!'

깜짝 놀란 카오루는 쇼핑백을 떨어뜨릴 뻔했다.

천사의 비밀 수첩은 두 권 세트에 8룬이었다. 1룬 가지고는 살 수 없었다!

카오루는 방금 전까지 들떠 있던 기분이 한순간에 땅속으로 처박히는 것 같았다.

"왜 그래, 카오루?"

조금 떨어진 곳에서 기다리고 있던 루오카가 카오루의 표정을 보고 걱정스럽게 물었다.

카오루는 힘없이 대답했다.

"미안해, 루오카. 마법 카드의 잔액이 1룬밖에 남지 않았어."

루오카는 순간 불안한 표정을 지었지만, 곧 살짝 웃

으며 말했다.

"괜찮아, 엄마한테 부탁하면 충전해 줄 거야."

"정말……?"

카오루는 조심스럽게 물었다.

"정말로 괜찮아. 그러니까 신경 쓰지 마."

루오카는 별일 아니라는 듯 말하고 입구로 걸음을 옮겼다.

"빨리 너희 집으로 가자. 시간 아까우니까!"

"으응……."

카오루는 순간 불안해 보였던 루오카의 얼굴이 잊히지 않았다.

'루오카가 괜찮다고 했으니까…… 괜찮을 거야. 그렇지, 루오카?'

카오루는 서둘러 루오카의 뒤를 쫓아갔다.

4 소중한 추억

다음 날, 학교에서 카오루는 코리를 계속해서 지켜보았다.

전학 첫날에는 쉬는 시간마다 코리에게 다가가서 말을 거는 친구들이 많았지만 오늘은 아무도 없었다.

쉬는 시간에도 코리는 자리에 꼼짝 않고 앉아 책상만 뚫어져라 바라보고 있었다.

수업을 모두 마치고 코리가 교실에서 나가자 카오루도 친구들에게 인사하고 서둘러 교실을 빠져나갔다.

'좋아, 작전 개시!'

카오루는 코리의 옆에서 나란히 걸으며 말을 걸었다.

"코리, 나랑 집에 같이 갈래? 어차피 같은 방향이잖아."

코리가 아무 대답 없이 가방끈을 손으로 꼭 쥐고 빠른 걸음으로 걸어가자, 카오루도 나란히 발맞춰 걸어갔다.

학교 정문을 지나 집으로 가는 길에 있는 다리를 건널 때, 카오루는 멈춰 서서 코리를 돌아보며 말했다.

"있잖아…… 친구들에게는 비밀로 하고 있지만,

사실 나는 마법사야!"

"뭐라고?"

지금까지 아무 말도 안 하던 코리가 발걸음을 멈추고 카오루를 돌아보았다.

"마법사……?"

"그래, 잘 봐."

카오루는 가방을 뒤적여 지팡이를 꺼냈다. 전에 루오카와 같이 마법의 거리 노점상에서 샀던 '멀린의 마법 지팡이'였다. 그때 루오카는 애들 장난감이라며 비웃었지만, 한때 마법 소녀가 되는 게 꿈이었던 카오루는 마법 지팡이 하나쯤 꼭 갖고 싶었다.

"코리가 기운을 차릴 수 있게 해 주세요!"

주문을 외우고 지팡이를 하늘 높이

든 채 빙글빙글 돌렸지만 아무 일도 일어나지 않았다. 당연한 일이었다. 지팡이에 담겨 있던 마력은 이미 효력이 다한 지 오래였기 때문이다.

코리는 잠시 동안 입을 벌리고 멍하니 하늘을 바라보았지만, 아무 일도 일어나지 않자 실망한 듯 중얼거렸다.

"뭐야, 마법사라더니. 거짓말이잖아."

코리는 한숨을 내쉬고 다시 터덜터덜 발걸음을 옮기기 시작했다.

"거짓말 아니야! 잘 봐, 이번엔 마법의 비눗방울이야."

카오루는 가방에서 어제 산 요정의 샘물 비눗방울을 꺼냈다.

"보고 싶은 사람이나 다시 한 번 보고 싶은 광경을 떠올리면서 이 비눗방

울을 불어 봐!"

카오루는 코리에게 비눗방울이 담긴 병을 내밀었다.

"뭐야, 어차피 또 거짓말일 거면서……."

코리는 투덜대듯 중얼거렸지만, 병에서 시선을 떼지 못했다.

"색깔 정말 예쁘다."

코리가 작게 속삭이고 카오루의 손에서 병을 건네받았다.

'후유! 다행히 받아 줬어.'

카오루는 가슴을 쓸어내렸다.

코리는 잠시 뭔가를 생각하더니 병에 빨대를 몇 번 꽂았다 뺀 뒤 입으로 후 불었다.

그 순간, 빨대 끝에서 오로라처럼 신비한 빛깔

을 띤 커다란 비눗방울이 나왔다.

"아……!"

코리는 깜짝 놀라 눈이 휘둥그레졌다.

카오루도 놀라서 입을 벌렸다.

비눗방울 안에는 버터가 듬뿍 올라간 노릇노릇한 팬케이크를 손에 들고 미소 짓고 있는 할머니의 모습이 들어 있었다.

"코리, 어서 손 씻고 오렴. 네가 좋아하는 팬케이크란다."

할머니의 다정한 목소리가 허공에서 들렸다.

"하, 할머니……!"

코리가 울음 섞인 목소리로 외쳤다. 그 순간 비눗방울이 펑 터져 버렸다.

"방금 그건……."

코리는 잠시 멍하니 있다가, 서둘러 다시 비눗방울을 불었다.

이번에는 기찻길 건너편으로 펼쳐진 푸른 바다가 나타났다.

햇빛이 반사되어 반짝반짝 빛나는 바다를 가로지르듯 초록색 기차가 지나가고 있었다. 기차가 지나가자마자 비눗방울이 펑 터졌다.

그다음 비눗방울에는 카오루와 비슷한 또래의 여자애들이 웃으며 손을 흔들고 있는 모습이 나타났다.

"코리!"

"같이 놀자!"

여자아이들의 웃음 섞인 목소리가 들렸다.

하지만 이번에도 비눗방울은 오래가지 못하고 터져 버렸다.

"거짓말! 어떻게 이런……."

코리는 비눗방울이 사라진 허공을 멍하니 바라보며 속삭였다.

"카오루도 지금 봤지? 우리 할머니랑 전에 다니던 학교 친구들, 그리고 내가 태어난 마을도……. 카오루, 너 정말 마법사야?"

코리가 강렬한 시선으로 카오루를 바라보며 흥분한 목소리로 물었다.

카오루는 잠시 어쩔 줄 몰라 했지만 금세 웃으며 고개를 저었다.

"에이, 설마. 마법사는 무슨. 장난쳐서 미안. 난 아무것도 못 봤어. 하지만 네 눈에 무언가가 보였다면, 그건 네 마음속에 있는 소중한 추억 아니었을까?"

카오루가 조심스럽게 말하자 코리의 눈동자가 희미하게 흔들렸다.

"정말…… 그런 걸까?"

"그럼! 그런데 말이야……."

카오루는 코리의 손을 잡으며 말을 이었다.

"이젠 이곳으로 이사 왔으니까 나랑도 친구가 되어 줬으면 좋겠어. 우리도 추억을 새로 만들자. 지금까지 만들어 온 추억만큼 많이! 아니, 그것보다 더 많이!"

카오루의 말에 코리가 미소를 지었다.

"응, 나도 여기서 좋은 추억을 많이 만들고 싶어. 친구도 많이 사귀고 싶어."

코리도 카오루의 손을 꼭 잡았다.

강에서 불어오는 시원한 바람이 카오루와 코리의 머리카락을 흔들었다.

"이제 집에 가자!"

"응, 비눗방울 고마워!"

코리가 카오루에게 비눗방울이 든 병을 돌려주었다.

둘은 손을 꼭 잡고 집으로 걸어갔다.

"내일 학교에 가면 더 많은 얘길 나누자!"

카오루와 코리는 웃는 얼굴로 서로에게 손을 흔들고 각자의 집으로 들어갔다.

'코리가 기운을 차려서 다행이야. 내일 친구들한테도 같이 놀자고 말해 봐야지.'

카오루는 들뜬 마음으로 거실 소파에 앉았다. 가방에서 가정 통신문을 꺼내 탁자 위에 올려놓고, 비눗방울이 든 병을 꺼냈다.

"비눗방울이 아직 남았는데…… 나도 좀 불어 볼까?"

카오루는 베란다로 나가 빨대에 비눗물을 묻히고 후 불었다.

점점 커지는 오로라 빛깔 비눗방울 안에 활짝 웃고 있는 남자가 떠올랐다. 갈색 곱슬머리에 눈꼬리가 내려가 부드러워 보이는 인상이었다.

'어? 이 사람은 누구지? 어디선가 본 적 있는 사람인데…….'

비눗방울이 펑 터지는 동시에 카오루는 그 남자가 누구인지 떠올랐다.

"아빠……!"

카오루는 서둘러 비눗물을 묻혀 다시 한 번 비눗방울을 불었다.

그러자 이번엔 카오루를 보며 미소 짓고 있는 아빠와 엄마가 나타났다.

“우리 카오루는 나중에 어떤 어른이 되려나?”

엄마의 목소리가 들렸다.

“어떻게 커도 좋아. 난 우리 카오루가 행복하게 살아가는 미래를 위해 열심히 일할 거야.”

아빠가 대답했다.

그때 비눗방울이 터졌다.

‘아빠…….’

카오루는 빨대를 입에서 뗐다.

아빠가 돌아가신 건, 카오루가 태어나고 얼마 지나지 않아서였다. 일을 하던 중 사고로 돌아가셨다고 엄마가 말해 주었다.

그래서 카오루에게는 아빠와의 추억이 없었다.

사진 속 아빠 얼굴밖에 본 적이 없었다.

'방금 비눗방울에 나온 모습은 내가 아기였을 때 나한테 말하던 건가?'

분명 그럴 거라고 카오루는 생각했다.

거실로 돌아와 서랍장에서 어린 시절 사진이 담긴 앨범을 꺼냈다.

갓난아기인 자신을 조심스럽게 안고 있는 아빠의 사진이 있었다. 카오루는 사진 속 아빠 얼굴을 손가락으로 매만졌다.

'아빠는 날 엄청 소중하게 생각했구나.'

카오루는 가슴이 벅차올랐다.

그때 현관문이 열리는 소리가 들렸다.

"카오루, 집에 왔니?"

"엄마!"

엄마는 화장실로 가서 손을 씻은 뒤 수건으로 물기를 닦으며 거실로 나왔다.

"카오루, 무슨 일 있었어? 웬일로 앨범을 다 보고 있니?"

"그냥 어렸을 때가 떠올라서요."

카오루는 쑥스러운 얼굴로 대답했다.

"흐음, 그랬어?"

엄마는 카오루가 탁자 위에 올려 둔 가정 통신문을 집어 들었다.

"응? 종이 사이에 뭔가 끼여 있네?"

엄마가 손에 들고 있는 건 마법 카드였다!

'앗, 마법 카드를 가방에 넣어 놨었지! 가정 통신문에 딸려 나왔나 봐!'

카오루는 당황했지만 최대한 아무렇지 않은 표정을 지으며 마법 카드를 건네받았다.

"이, 이거 친구 물건이에요. 잠깐 빌렸어요."

"그렇구나. 근데 그 카드 어디선가 본 적이 있는 것 같은데."

엄마의 말에 카오루는 눈썹을 움찔했다.

"엄마가 이 카드를요? 어디서요?"

엄마는 잠시 생각한 후에 기억이 떠올랐는지 손바닥을 짝 쳤다.

"맞아! 엄마가 초등학교 다닐 때였는데, 그거랑 비슷한 카드를 길에서 주웠어. 그리고 엄마랑 똑같이 생긴 마법사 소녀랑 신비한 상점이 늘어서 있는 마법의 거리에 갔지. 그때 그 친구랑 같이 쇼핑을 했는데…….”

카오루는 깜짝 놀랐다.

“마법의 거리라고요? 마법사 친구요? 그게 정말이에요?”

“후후후! 설마 그런 거리가 진짜 있겠니.”

엄마가 손을 저으며 웃었다.

“아마 꿈이었을 거야. 어머, 어른이 돼서도 아직 기억하고 있다는 게 엄마도 놀랍네. 그때 엄청 두근거리고 재밌었는데. 아, 그 꿈 다시 한 번 꿔 보고 싶다!”

엄마는 아이처럼 장난스럽게 혀를 쏙 내밀었다.

“꿈 얘기는 그만하고 이제 저녁 준비를 해야지.”

엄마는 마트에서 사 온 식재료를 냉장고에 정리하기 시작했다.

‘정말 꿈이었을까?’

카오루는 엄마를 멍하니 바라보다가, 마법 카드를
내려다보았다.

분홍색과 은색이 보는 각도에
따라 바뀌는 신기한 카드였다.

'엄마도 나랑 똑같은
경험을 했다고……?
그런 게 우연일 수가
있을까?'

카오루는 마법 카드를
두 손으로 꽉 쥐었다.

'다음에 루오카를
만나면 이 이야기를 꼭
해 줘야지! 분명 엄청 놀랄 거야.'

루오카 이야기

1 이름의 비밀

서재 책장에 꽂혀 있는 마법서를 열심히 들여다보던 루오카는 한숨을 내쉬었다.

'여기에도 없네…….'

루오카는 책을 탁 덮었다.

카오루에게는 괜찮다고 큰소리쳤지만, 사실 걱정이 이만저만이 아니었다.

마법으로 어떻게 해결할 수 있지 않을까 하고 열

심히 찾아봤지만, 어디에도 마법 카드를 충전하는 방법은 나와 있지 않았다. 충전은 둘째 치고 카드를 다 쓰면 어떻게 되는지조차 나와 있지 않았다.

"이제 어떡하지……."

루오카가 혼잣말을 하자 어깨 위에 올라 앉아 있던 동물 시종 바닐라가 수염을 움찔거리며 말했다.

"루오카, 여기 있는 마법서에는 고급 마법 주문만 적혀 있어. 견습 마법사들이 사용하는 마법 카드에 대한 내용이 적혀 있을 리가 없잖아!"

바닐라는 어이없어하는 얼굴이었다.

"그건 나도 알아. 그래도 혹시 모르잖아."

루오카는 뾰로통한 얼굴로 마법서를 책장에 다시 꽂아 놓았다.

'그냥 엄마한테 다 썼다고 말하고 충전해 달라고 할까? 그렇지만 엄마가 언제 집에 돌아올지도 모르는데…….'

책상에 턱을 괴고 앉아 생각에 잠겨 있는데, 책

상에 놓인 비밀 수첩에 카오루가 보낸 메시지가 떠올랐다.

루오카, 마법 카드 충전은
언제쯤 될 것 같아?

'윽, 큰일이네.'
루오카는 서둘러 답장을 적었다.

미안. 지금은 바빠서 안 될 것 같아.
조금만 더 기다려 줘.

답장을 쓰자마자 연보라색 글자가 하늘색으로 변했다. 그리고 곧장 카오루에게서 답장이 왔다.

하고 싶은 말이

많은데,

적을 곳이 없어서

아쉬워.

얼마 남지 않은 수첩을 아끼려는 듯 깨알같이 작은 글씨로 쓰여 있었다.

'하아…… 어쩔 수 없지.'

조금만 기다려. 내가 지금 갈게.

루오카는 답장을 쓰자마자 수첩을 탁 덮고, 망토를 걸치고 모자를 썼다. 그리고 마지막으로 빗자루를 챙겼다.

"결국 카오루를 만나러 가는 거야? 이틀 전에도

만났잖아."

바닐라가 어이없다는 듯 앞발을 파닥거리며 말했다.

"뭐 어때, 시험도 끝났는데. 싫으면 넌 따라오지 않아도 돼."

"누가 안 가겠대? 루오카한테 무슨 일이 생기면 내가 어떻게든 해결해야 하잖아."

바닐라는 짧은 다리를 버둥거리며 기를 쓰고 루오카의 모자 위로 기어 올라왔다.

"좋아, 간다!"

루오카는 인간계로 가는 마법원을 그렸다.

✦ — ✦ ★ ✦ — ✦

마법원의 건너편은 곧장 카오루의 방으로 이어졌다.

카오루는 루오카를 기다리고 있었는지, 방 안을

서성거리다가 루오카가 나타나자마자 와락 껴안았다.

“루오카! 보고 싶었어!”

루오카는 기분이 좋았지만 왠지 쑥스러워서 일부러 고개를 돌려 외면했다.

“보고 싶긴, 이틀 전에도 봤잖아. 그것보다…… 하고 싶은 말이 많다며. 뭔데? 지난번에 샀던 비눗방울은 도움이 됐어?”

루오카는 쑥스러워하는 모습을 들키지 않으려

고 빠르게 말했다.

"응! 그 얘길 하고 싶었어. 비눗방울은 대성공이었어! 코리가 엄청 좋아했어."

카오루가 어제 학교에서 돌아오는 길에 있었던 일과, 그 일을 계기로 코리와 친구가 되었다는 이야기를 루오카에게 들려주었다.

'뭐야, 날 보고 싶다고 호들갑을 떨더니 다른 친구 얘기뿐이네.'

눈을 반짝이며 재잘거리는 카오루를 보면서 루오카는 속으로 투덜거렸다.

"아, 그래? 잘됐네."

루오카는 퉁명스럽게 대꾸했다.

카오루가 손뼉을 짝 쳤다.

"아, 맞다. 루오카, 신기한 일이 있어!"

"신기한 일? 뭔데?"

"있지, 우리 엄마가 마법 카드를 보고, 이 카드를 어디서 본 적이 있다고 말했어."

루오카는 놀라서 눈이 동그래졌다.

"뭐? 너희 엄마가 마법 카드에 대해서 알고 있다고?"

"응! 엄마가 초등학생일 때 엄마랑 똑같이 생긴 마법사 소녀를 만나 마법의 거리에 가서 쇼핑을 하는 꿈을 꾼 적이 있대. 마치 우리처럼 말이야! 놀랍지 않아?"

카오루가 웃으며 말했다.

'꿈을 꿨다고? 그게 정말 꿈이었을까? 아니면 설마…….'

루오카는 침을 꿀꺽 삼키고 카오루에게 물었다.

"카오루, 너희 엄마 이름이 뭐야?"

카오루가 고개를 갸웃했다.

"우리 엄마 이름? 왜?"

"아, 그게…… 그냥 갑자기 궁금해져서."

루오카는 대충 얼버무렸다.

"우리 엄마 이름은 나오미야."

카오루가 대답했다.

'나오미? 반대로 읽으면 미오나잖아! 역시 그런 거였어……!'

루오카는 애써 놀란 표정을 감추었다.

"우리 엄마 사진 있는데, 볼래?"

카오루가 서랍에서 사진 한 장을 꺼냈다.

"봐, 우리 엄마야."

사진에는 어린 카오루 옆에서 부드러운 미소를 짓고 있는 여자가 있었다. 분위기는 다르지만 얼굴은 루오카의 엄마 미오나와 똑같았다.

'우리뿐만 아니라 엄마들도 얼굴이 똑같고 반

대의 이름을 가지고 있어……. 이건 절대 우연이 아니야!'

그때였다. 루오카의 눈가에 검은 형체가 얼핏 보였다.

고개를 들어 창가를 보자, 검은 고양이가 카오루와 루오카를 바라보고 있었다. 루오카와 눈이 마주친 순간, 검은 고양이는 몸을 숨겨 버렸다.

"기다려!"

루오카가 서둘러 창문을 열자 검은 고양이는 가볍게 공중으로 뛰었다.

"앗!"

루오카는 저도 모르게 비명을 지르며 눈을 질끈 감았다.

카오루의 집은 아파트 6층이었기 때문이다. 아무리 고양이라도 이 높이에서 떨어지면 무사하지 못할 게 분명했다.

루오카는 조심조심 아래를 내려다보았다.

신기하게도 검은 고양이는 아파트 앞 도로를 유유히 걸어가고 있었다.

"이게 어떻게……!"

"루오카, 왜 그래? 무슨 일이야?"

뒤에서 카오루가 물었지만 지금은 대답할 시간이 없었다.

루오카는 등에 메고 있던 빗자루에 마법을 걸어 크게 만든 뒤 재빨리 창밖으로 날아올랐다.

'그 검은 고양이는……!

분명해, 내가 잘못 본 게

아니야!'

2

연결되어 있는 두 세계

"기다려!"

루오카는 속도를 올려 검은 고양이의 뒤를 쫓아갔다.

하지만 아무리 빠르게 날아가도 천천히 걸어가는 검은 고양이를 도저히 따라잡을 수 없었다.

'해보자는 거지!'

루오카는 양손에 힘을 주고 상체

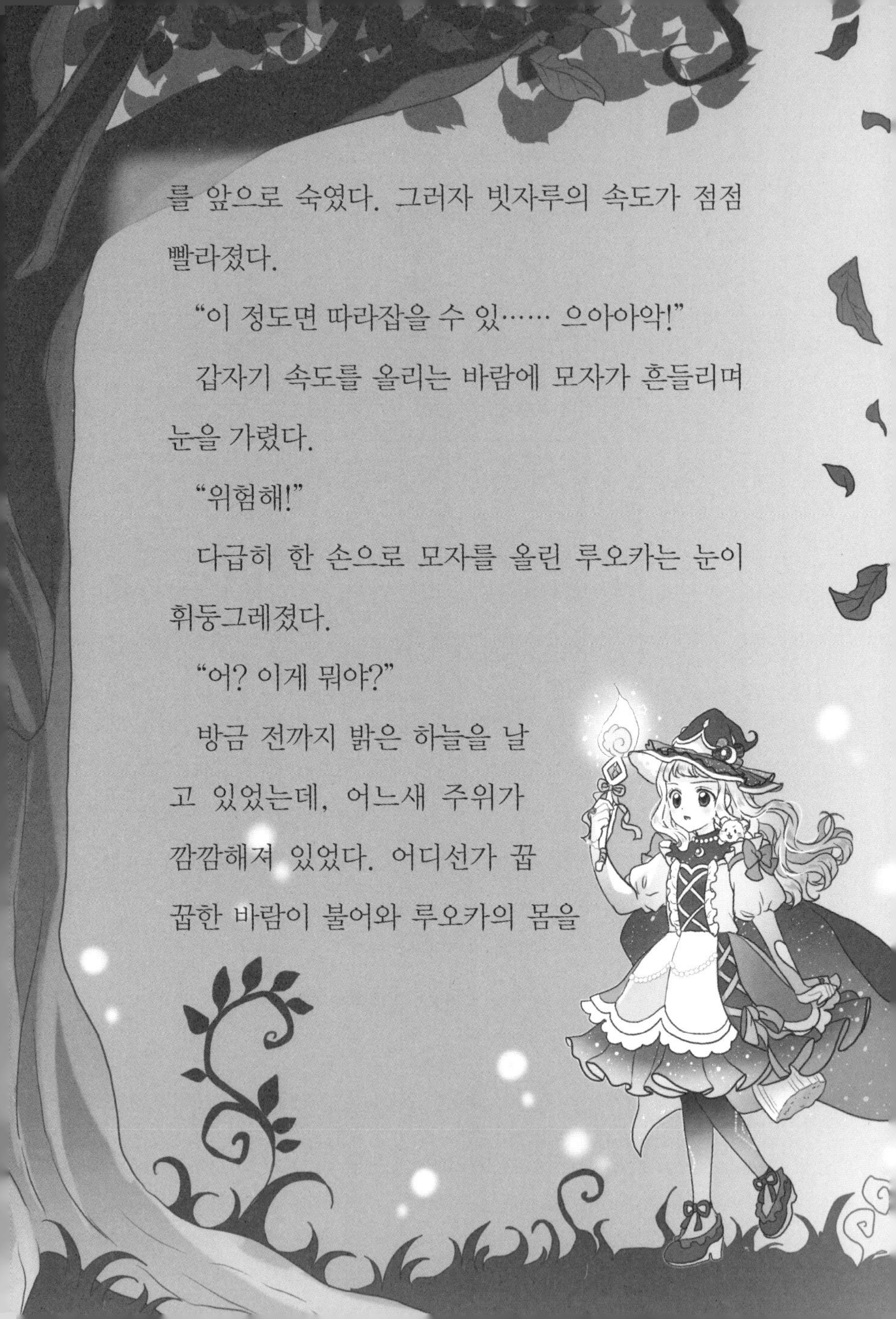

를 앞으로 숙였다. 그러자 빗자루의 속도가 점점 빨라졌다.

"이 정도면 따라잡을 수 있…… 으아아악!"

갑자기 속도를 올리는 바람에 모자가 흔들리며 눈을 가렸다.

"위험해!"

다급히 한 손으로 모자를 올린 루오카는 눈이 휘둥그레졌다.

"어? 이게 뭐야?"

방금 전까지 밝은 하늘을 날고 있었는데, 어느새 주위가 깜깜해져 있었다. 어디선가 끕끕한 바람이 불어와 루오카의 몸을 감쌌다.

루오카는 망토에서 마법 지팡이를 꺼내 입으로 후 바람을 불었다. 그러자 지팡이 끝에서 작은 불이 피어올랐다.

루오카는 불빛에 의지해 땅으로 내려왔다.

빗자루를 다시 작게 만들어 등에 메고, 마법 지팡이를 든 채 숨을 크게 들이마셨다. 옅은 어둠 속에서 빽빽하게 자란 나무들이 희미하게 보였다.

"여긴…… 수온의 숲이잖아! 어떻게 된 거지?"

루오카는 자기도 모르는 사이에 마법계로 돌아와 있었다.

수온의 숲에는 마법 학교 학생은 절대 가까이 가면 안 된다고 알려진 '운부간트 늪'이 있다. 루오카가 마법 카드를 버린 바로 그곳이다.

'왜 여기에…….'

마법 지팡이의 불빛을 비춘 곳에 검은 고양이가 앞발을 가지런히 모으고 앉아 있었다.

"앗!"

루오카는 저도 모르게 외쳤다.

"엄마⋯⋯ 엄마 맞죠?"

"응? 미오나 님이라고? 어디?"

바닐라가 주위를 두리번거렸다.

하늘에서 스포트라이트처럼 내려온 한 줄기 빛이 깜깜한 숲 어딘가를 비추었다. 희푸른 달빛이었다. 그 빛이 비추는 건 검은 고양이였다.

검은 고양이는 새하얀 빛에 휩싸였다.

"앗! 눈부셔!"

루오카는 양손으로 얼굴을 가리고 눈을 감았다.

잠시 후 천천히 눈을 뜨자 운부간트 늪 뒤로 루오카의 엄마인 대마법사 미오나가 서 있었다.

"엄마!"

"미오나 님!"

루오카와 바닐라가 동시에 외쳤다.

"루오카, 검은 고양이가 나라는 걸 언제 눈치챈 거니?"

미오나의 목소리는 다정했다.

루오카는 마른 입술에 침을 바르고 대답했다.

"확신한 건 조금 전이지만…… 처음 눈치챈 건 마법의 거리에서 강아지가 길을 잃었을 때였어요. 그때 검은 고양이가 카오루와 저를 강아지에게 안내해 줬잖아요. 그 고양이의 눈동자 색깔이 엄마와 똑같았거든요."

루오카의 대답을 들은 미오나는 미소를 지으며 고개를 끄덕였다.

"그렇구나……. 역시 내 딸이네."

“저기, 엄마…….”

루오카는 천천히 엄마에게 다가갔다.

“제가 운부간트 늪에 버린 마법 카드가 카오루 손에 들어간 건…… 엄마가 한 일이에요? 만약 그렇다면 왜 그런 거예요?”

미오나는 미소를 띤 채 잠시 루오카를 바라보다가 작게 한숨을 내쉰 뒤 입을 열었다.

“너에게 인간에 대해 알려 주고 싶어서였어.”

미오나는 환한 달빛을 받아 빛나는 운부간트 늪을 바라보았다.

“루오카, 넌 우리가 왜 마법을 쓸 수 있다고 생각하니?”

루오카는 갑작스러운 질문에 어리둥절해진 얼굴로 대답했다.

“그건…… 우리가 마법사니까요.”

미오나는 고개를 저었다.

"아니, 그건 정확한 대답이 아니야. 우리 마력의 근원은 인간에게 있단다. 우리는 인간이 있기 때문에 마법을 쓸 수 있는 거야."

"네?"

예상치 못한 대답에 놀란 루오카는 입을 떡 벌렸다.

'인간이 있기 때문에 마법을 쓸 수 있다고? 마법과 인간이 어떤 관계가 있는 거지?'

"마법을 쓸 수 없는 인간들은 더 좋은 세상을 만들기 위해 열심히 노력한단다. 그 덕분에 인간들은 웃을 수 있고, 인간들의

웃음이 있어야 마법사들은 누군가를 행복하게 할 수 있는 마법을 쓸 수 있는 거야. 무슨 말인지 이해하겠니?"

루오카는 엄마의 말이 완전히 이해되진 않았지만, 엄마가 무슨 말을 하려는 건지 어렴풋이 알 것 같았다.

'인간계와 마법계가 그런 식으로 연결되어 있다고? 전혀 몰랐어!'

"하지만……."

미오나는 긴 속눈썹을 내리깔았다.

"반대로 인간계에 공포와 슬픔, 분노가 늘어나면 마법계는 암흑 마법으로 뒤덮이고 말아. 너도 어렴풋이 눈치채고 있지 않았니? 마법계와 인간계가 연결되어

있다는 걸. 동전의 앞면과 뒷면처럼 말이야."

'그랬던 거구나…….'

루오카는 깊이를 알 수 없는 어두컴컴한 운부간트 늪을 물끄러미 바라보았다.

카오루와 루오카, 나오미와 미오나, 코리와 리코, 그리고 소타와 타소…….

인간이 있기 때문에 마법사가 존재한다.

인간과 마법사는 서로 다른 세계에 살고 있지만, 사실은 연결되어 있었던 것이다.

"루오카, 넌 커서 아주 위대한 마법사가 될 거야. 그리고 언젠가는 인간들을 돕기 위해 인간계로 파견되겠지. 엄마와…… 아빠처럼 말이야."

미오나는 잠시 말을 멈추고 다정한 눈길로 딸을 바라보았다.

"엄마는 루오카가 그 전에 인간계와 인간들에 대해 알았으면 좋겠다고 생각했단다. 단순히 일이라서 하는 게 아니라, 소중한 누군가를 위해서 그리고 자기 자신을 위해서 기쁜 마음으로 그 일을 하면 좋겠다고 생각했어."

루오카는 엄마의 반짝이는 눈동자를 들여다보며 고개를 끄덕였다.

"그런 거라면 걱정 마세요, 엄마. 마법 카드 덕분에 인간 친구가 생겼으니까요! 카오루라는 친구인데, 마법의 거리에도 항상 같이 가요. 우리 집에 온 적도 있어요!"

미오나는 미소 지으며 고개를 끄덕였다.

"그래, 엄마도 잘 알고 있단다. 계속 지켜보고 있었는걸. 착한 아이더구나."

미오나의 말에 벅차오른 루오카는 자랑스럽게 가슴을 폈다.

"맞아요, 엄청 착한 친구예요! 아, 맞다! 혹시 엄마도 오래전에 카오루의 엄마랑 친구였던 적이 있어요?"

루오카의 질문에 놀란 듯 미오나의 눈동자가 살짝 흔들렸다.

"네가 어떻게 그걸……?"

"카오루가 말해 줬어요. 카오루의 엄마가 마법사 소녀랑 논 꿈을 꾼 적이 있다고 했대요. 그거 꿈 아니죠?"

미오나는 시선을 내리깔고 고개를 끄덕였다.

"그래……. 나오미가 날 아직도 기억하고 있나 보구나."

루오카는 이상하다는 생각이 들었다.

'엄마가 왜 이렇게 슬픈 표정을 짓고 있지? 어린 시절 친구가 기억해 주면 기쁜 일 아닌가?'

"엄마, 그리고……."

루오카는 조심스럽게 입을 열었다.

"마법 카드에 충전된 룬을 거의 다 썼어요. 그걸 다 쓰면 어떻게 되는지 책에서 찾아봤지만 안 나와 있었어요. 제 마법으로는 충전 못 하는 거죠? 엄마가 충전해 주시면 카오루는 다시 마법의 거리에 올 수 있을 텐데……."

미오나가 운부간트 늪을 바라보며 나지막이 말했다.

"이제 충전할 필요 없단다. 카오루한테 마법 카드를 돌려받으렴."

"네? 왜요?"

루오카가 놀라서 되묻자 미오나는 고개를 숙인 채 말했다.

"몇몇 인간을 제외하고 마법계의 존재는 비밀로 되어 있어. 안 그러면 마법을 욕심내는 인간들 때문에 마법계와 인간계의 균형이 무너지고 이 세상은 혼란에 빠질 테니까."

루오카는 마음속으로 엄마가 한 말을 곱씹어 보았다.

'마법계가 존재한다는 걸 카오루에게도 비밀로 해야 한다고? 그 말은…….'

그 순간, 목이 콱 막히는 느낌이 들어서 루오카는 황급히 숨을 몰아쉬었다.

"그럼…… 저랑 카오루는 이제 만나지 못한다는 말이에요? 카오루가 저에게 마법 카드를 돌려주면, 카오루는 저에 대한 기억을 모두 잃게 되는 거죠?"

루오카는 목소리가 떨리지 않도록 천천히 말을 뱉었다.

"안타깝지만…… 네 말이 맞아."

루오카는 고개를 마구 저었다.

"싫어요! 그건 싫단 말이에요!"

루오카의 눈에서 눈물이 뚝뚝 떨어졌다.

"카오루는 제가 처음 사귄 친구예요. 헤어지기 싫어요!"

"알아……. 엄마도 그랬단다."

미오나는 옆에 떨어져 있는 나뭇잎을 주워 운부간트 늪에 살짝 떨어뜨렸다.

나뭇잎은 천천히 물결을 일으키며 늪에 가라앉았다.

"루오카, 네가 얼마나 마음 아플지 엄마도 알고 있어. 엄마랑 똑같은 아픔을 느끼게 해서 미안해. 하지만 그 아픔은 너희의 미래를 위해 꼭 필요하단다. 지금은 잘 모르겠지만……."

"그런 거 몰라요! 알고 싶지도 않아요!"

루오카는 고개를 숙이고 울음을 터뜨렸다.

'카오루는 가장 특별한 친구란 말이야. 카오루를 만날 수 없다는 건 생각해 본 적도 없는데…….'

엉엉 우는 루오카의 등을 미오나가 부드럽게 쓰다듬었다.

"미안해, 루오카."

떨리는 속삭임에 루오카는 얼굴을 들고 엄마를 돌아보았다.

슬픈 얼굴로 루오카를 바라보던 엄마의 모습이 조금씩 희미해지다가 결국 사라졌다.

3 최대 위기!

“너무해! 헤어져야 하는 걸 처음부터 알고 있었으면서 카오루랑 날 만나게 하다니!”

루오카는 사라진 엄마 대신, 운부간트 늪을 향해 소리쳤다.

새까만 수면은 물결 하나 일지 않고 잠잠했다.

“어쩔 수 없지.”

바닐라가 루오카의 눈치를 살피며 말했다.

"방금 미오나 님이 말씀하셨잖아. 인간에게 마법계의 존재가 알려져서는 안 된다고. 그건 카오루도 마찬가지야."

"그건 알지만……!"

루오카의 말이 끝나기 전에 바닐라가 루오카의 어깨 위로 쪼르르 기어 올라갔다.

"미오나 님은 마법계와 인간계의 앞날을 위해서 카오루랑 너를 만나게 한 거야. 미오나 님의 마음도 알아줘, 루오카."

루오카는 고개를 세차게 가로저었다.

"카오루가 없으면 난 다시 혼자가 된단 말이야! 이럴 줄 알았으면 처음부터 카오루랑 친구가 되지도 않았을 거야!"

루오카의 외침이 수온의 숲에 울려 퍼졌다.

"루오카, 너 진심으로 하는 말이야?"

바닐라가 복슬복슬한 털 속에서 작은 거울을 꺼내 루오카에게 내밀었다.

"이걸 봐!"

거울 속에 루오카와 똑같은 팔찌를 손목에 차고 들여다보고 있는 카오루의 모습이 비쳤다.

카오루가 한숨을 폭 내쉬며 중얼거렸다.

"그렇게 갑자기 가 버리다니, 무슨 일이 생긴 걸까? 설마 나쁜 일은 아니겠지? 또 언제 루오카를 볼 수 있을까……."

루오카는 자신의 손목에서 빛나는 팔찌를 내려다보았다.

카오루가 만들어 준 팔찌에는 하늘색과 연보라색 비즈가 번갈아 끼워져 있었다.

'카오루…….'

다시 눈물이 차올랐다.

"카오루랑 친구가 되었으니까 지금의 네가 있는 거잖아, 안 그래?"

바닐라의 말에 루오카는 팔찌를 낀 자신의 손목을 꼭 쥐었다.

바닐라가 진지한 눈빛으로 말을 이었다.

"마법계와 인간계는 동전의 앞뒷면 같다고 아까 미오나 님이 말씀하셨잖아. 카오루를 소중하게 생각한다면 네가 웃는 얼굴을 해야지. 그럼 분명 카오루도 웃을 거야. 알지?"

루오카는 말없이 팔찌를 달빛에 비추어 보았다.

반짝반짝 빛나는 팔찌에 카오루의 웃는 얼굴이 겹쳐 보였다.

"카오루를 위해서라도 마법 카드를 돌려받아."

"응…… 알겠어."

루오카는 눈가에 고인 눈물을 닦고 고개를 끄덕였다.

✦

다음 날, 루오카는 학교에서 돌아오자마자 바닐라의 거울로 카오루가 집에 있는 걸 확인했다.

그리고 망설임 없이 마법원을 그려 인간계로 넘어갔다.

카오루의 방 창문 밖에 멈춰 선 루오카는 잠시 생각에 잠겼다.

'이번이 마지막 만남일지도 몰라.'

그런 생각이 들자 창문을 두드릴 용기가 나지 않았다.

빗자루를 탄 채로 공중에서 망설이고 있는데, 망토 안에서 바닐라가 쪼르르 기어 나와 어깨로

올라왔다.

“루오카, 인간계에 머무를 수 있는 시간은 한 시간밖에 없다는 거 잊지 않았지? 카오루랑 보내는 마지막 시간을 허투루 보내지 마.”

‘바닐라 말이 맞아…….’

루오카는 고개를 끄덕이고 카오루의 방 창문을 똑똑 두드렸다.

"아, 루오카!"

책상 앞에 앉아 있던 카오루가 반가운 얼굴로 외치며 창문을 열었다.

"어제는 갑자기 가 버려서 걱정했어……. 근데 무슨 일이야? 어서 들어와."

루오카의 어두운 표정을 보고 카오루의 눈이 동그래졌다.

루오카는 침을 꿀꺽 삼키고 조심스럽게 입을 열었다.

"카오루, 사실은……."

루오카가 방 안으로 막 들어가려고 할 때, 갑자기 귓가에서 퍼덕퍼덕 날갯짓 소리가 들렸다.

"어?"

놀라서 뒤를 돌아본 순간…….

"으악! 루오카, 도와줘!"

어디선가 나타난 까마귀가 루오카의 어깨에 있던 바닐라를 발톱으로 낚아챘다!

"바닐라!"

카오루가 창밖으로 몸을 내밀며 비명을 질렀다.

루오카는 너무 놀라 순간 머릿속이 새하얘졌다.

"루오카, 빨리 바닐라를 구하러 가자!"

카오루가 소리쳤다.

"응, 뒤에 타!"

루오카가 재빨리 빗자루의 방향을 바꾸자 카오루가 빗자루에 올라탔다.

저 앞에서 까마귀가 바닐라를 꽉 붙잡고 날아가고 있었다. 루오카는 빗자루의 속도를 올려 뒤쫓아 갔다.

"바닐라를 돌려줘!"

까마귀는 마치 약을 올리려는 듯 전선에 닿을락

말락 내려갔다가 좁은 골목길 사이로 날아갔다. 좀처럼 잡을 수가 없었다.

"아이, 짜증 나! 마법을 써서 잡아야겠어!"

루오카는 지팡이를 들어 올렸다. 그때 카오루가 뒤에서 팔을 잡았다.

"안 돼, 루오카. 마법을 썼다가 까마귀가 바닐라를 떨어뜨리면 어떡해! 그럼 큰일이잖아."

"그럼 어떡하지……."

그때 카오루가 주머니를 뒤적여 솔로몬의 수다 반지를 꺼냈다. 어떤 동물과도 이야기할 수 있는 마법 반지였다.

"이걸 쓰자!"

카오루가 반지를 손가락에 끼자 반지 주위가 반짝반짝 빛났다.

"까마귀야, 그 애를 돌려줘! 갠 우리 친구란 말

이야."

카오루의 목소리를 들었는지 까마귀가 날개를 접고 전선 위에 앉았다. 발끝에는 바닐라가 당장이라도 떨어질 것처럼 대롱대롱 매달려 있었다.

"이 통통한 쥐가 네 친구라고? 거짓말!"

까마귀가 껙껙 웃었다.

"난 그냥 쥐가 아니야! 동물 시종이라고! 그리고 루오카랑 카오루의 친구야. 빨리 내려 줘!"

바닐라가 짧은 다리를 버둥거리며 말했다.

"뭐야, 이 녀석! 쥐 주제에 인간이랑 친구라니. 기분 나쁜 쥐네. 안 먹을래."

까마귀는 바닐라를 놓고 날개를 퍼덕여 그대로 날아올랐다.

"으아아아아아악!"

바닐라가 아래로 곤두박질치고 있었다!

"바닐라!"

카오루가 비명을 지르는 동시에 루오카가 지팡이를 휘둘렀다.

"요르문가드!"

그 순간, 지팡이 끝에서 그물이 나와 바닐라를 향해 날아갔다. 엄청난 속도로 날아간 그물은 바닐

라가 땅에 처박히기 직전, 아슬아슬하게 잡았다.

"성공이야!"

카오루가 환호했다.

루오카가 지팡이를 위로 휙 들어 올리자 그물에 걸린 바닐라가 위로 날아올라 카오루의 손바닥 위에 툭 떨어졌다.

"다행이야, 바닐라."

"흐억! 나 죽을 뻔했어."

등 뒤에서 들려오는 카오루와 바닐라의 목소리를 들으며 루오카는 피식 웃었다.

"앞으로 평생 잊지 마, 바닐라. 나랑 카오루가 네 목숨을 구했다는 걸."

루오카가 장난스럽게 말하자 바닐라가 허둥지둥 루오카의 어깨 위로 올라왔다.

"그럼, 그럼! 너희 둘이 환상의 팀이라는 거 인

정할게!"

카오루가 깔깔거리며 웃었다.

루오카는 발밑에 펼쳐진 인간 세상을 내려다보았다.

볼을 스치는 바람은 부드러웠고, 쌉쌀하면서도 동시에 달콤한 냄새가 공기 중에 섞여 있었다.

빈틈없이 붙어 있는 집들. 형형색색의 자동차들이 바삐 움직이는 넓은 도로.

'이제 이 풍경을 카오루랑 같이 볼 수 없겠구나.'

루오카는 카오루가 눈치채지 못하게 코를 훌쩍였다.

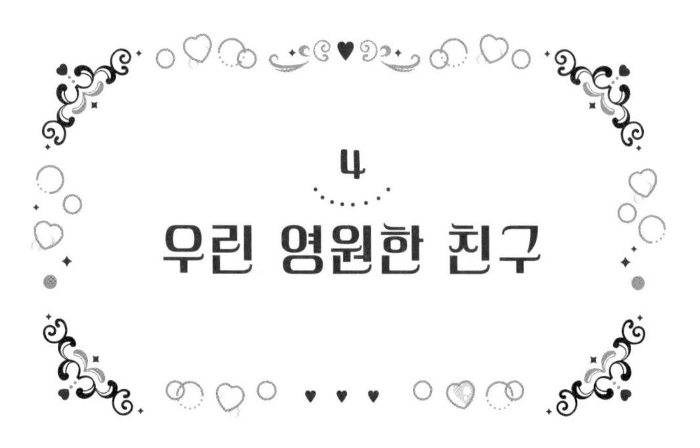

4
우린 영원한 친구

카오루의 방으로 돌아온 루오카는 숨을 크게 들이마신 뒤 곧장 입을 열었다.

“카오루, 미안해. 나 이제 널 만나러 올 수 없게 됐어.”

카오루는 놀란 듯 그 자리에 굳은 채 눈을 휘둥그레 떴다.

“아…… 그래? 그럼 앞으로는 마법의 거리에서

만 만날 수 있는 거야?"

루오카는 입이 떨어지지 않았지만, 마음을 굳게 먹고 말했다.

"아니, 넌 이제 마법의 거리에도 갈 수 없어. 마법 카드도 이제 나한테 돌려줘야 해."

카오루는 눈을 두세 번 깜빡이고 떨리는 목소리로 말했다.

"이제 우리 둘이서 마법의 거리에 못 간다고?"

"응……. 미안해."

카오루의 표정이 굳어졌다.

"그럼…… 이제 루오카랑 못 만나는 거야? 싫어! 절대 안 돼! 왜 갑자기 그런 말을 하는 거야?"

카오루의 커다란 눈에 금세 눈물이 차올랐다.

"미안해. 마법계의 규칙이야."

루오카는 억지로 쥐어짜듯 속삭였다.

“루오카랑 만날 수 없다니⋯⋯ 그럼 설마 루오카에 대한 기억도 전부 잊게 되는 거야?”

루오카는 간신히 고개를 끄덕였다.

“말도 안 돼! 루오카가 없으면 난 아무것도 할 수 없는 그저 재미없는 애로 돌아가게 될 거야.”

카오루의 눈에서 눈물이 또르르 흘러내렸다.

“잠깐만, 카오루.”

루오카는 깜짝 놀라서, 눈물을 흘리는 카오루의 어깨를 붙잡았다.

“아무것도 할 수 없다니, 그게 무슨 말이야?”

카오루는 털썩 주저앉아 흐느껴 울었다.

“내 친구들은 영어를 잘하거나, 춤을 잘 추거나, 수영을 잘하거나⋯⋯ 다들 특기가 한 가지씩 있단 말이야. 근데 나는 아무것도 없어.”

눈물범벅이 된 카오루의 얼굴을 보고 루오카는

미소를 지었다.

"넌 정말 아무것도 모르는구나."

루오카는 카오루 옆에 앉았다.

"마법 같은 거 쓰지 않아도, 넌 나한테 더 엄청난 마법을 걸었잖아."

루오카의 말에 카오루가 눈물범벅이 된 얼굴을 들었다.

"내가……?"

루오카는 팔찌를 가리키며 말했다.

"친구의 마법 말이야."

"친구의 마법?"

카오루는 무슨 말인지 모르겠다는 표정으로 고개를 갸웃했다.

루오카는 고개를 끄덕였다.

"항상 혼자였던 나에게 넌 멋진 마법을 걸어 줬어. 네가 있기 때문에 힘을 낼 수 있었어. 나한테 이런 기분을 가르쳐 준 건 세상에 단 한 명뿐이야. 바로 너."

루오카는 카오루의 손을 꼭 잡았다.

"앞으로 만나지 못하더라도 우린 영원한 친구야. 우리 둘은 특별하잖아, 그렇지?"

루오카와 카오루의 손목에서 우정 팔찌가 반짝반짝 빛을 냈다.

"만나지 못해도 영원한 친구……."

카오루가 루오카의 말을 되뇌었다.

루오카의 어깨 위에서 바닐라가 코를 훌쩍이며 말했다.

"카오루, 지난번에 샀던 비눗방울 아직 가지고 있어?"

카오루는 루오카의 손을 꼭 쥔 채 고개를 끄덕였다.

"요정의 샘물 비눗방울 말이지? 아직 조금 남아 있어."

카오루가 책상 서랍을 열어 비눗방울이 든 유리병을 꺼내 왔다.

"마법 카드를 나한테 돌려주면 지금까지 마법의 거리에서 샀던 마법템도 전부 사라질 거야. 그러니까 마지막으로 우리 둘이서 비눗방울을 불지 않을래?"

카오루는 빙긋 웃으며 고개를 끄덕였다.

"좋아! 우리 같이 비눗방울을 잔뜩 만들자!"

⁂

루오카와 카오루는 베란다에 나란히 서서 차례로 비눗방울을 날려 보내기 시작했다.

해가 지기 시작하면서 옅은 주황빛으로 물든 하늘에 알록달록한 빛깔의 비눗방울이 하나씩 떠올랐다.

"이거 봐! 내가 처음 마법의 거리에 갔을 때야!"

"이건 카오루가 바닐라를 처음 만났을 때네. 어? 바닐라가 왜 화를 내고 있지?"

"아! 이건 우리 둘이서 회전목마를 탔을 때야. 엄청 즐거워 보이네, 루오카."

카오루와 루오카가 날린 비눗방울에는 수많은 추억이 나타났다가 펑 터지며 사라졌다.

시간이 얼마나 지났을까, 이제 빨대를 불어도 비눗방울은 더 이상 만들어지지 않았다.

바닐라가 미안한 표정으로 복슬복슬한 털 속에서 모래시계를 꺼냈다.

"루오카, 슬슬 돌아가야 할 시간이야."

"응…… 나도 알아."

루오카는 고개를 끄덕이고 카오루를 가만히 바라보았다.

'이름도 비슷하고, 얼굴도 똑같고…… 세상에 단 하나뿐인 내 소중한 친구.'

뭐라고 말을 하고 싶었지만 목이 메어 아무 말도 할 수 없었다.

카오루가 루오카의 손바닥 위에 마법 카드를 살포시 올렸다.

"자, 받아. 지금까지 정말 고마웠어. 그리고 너

랑 친구가 되어 기뻤어."

카오루의 목소리가 떨렸다.

루오카는 손바닥 위에 놓인 마법 카드를 물끄러미 내려다보며 속삭였다.

"카오루…… 네가 알려 준 마법을 써 보자."

루오카는 새끼손가락을 폈다.

"내가 알려 준 마법?"

카오루가 당황한 듯 되묻자 루오카는 카오루의 새끼손가락에 자신의 새끼손가락을 걸었다.

"아까 약속했잖아, 우린 앞으로도 영원한 친구라고 말이야. 인간들은 소중한 약속을 할 때 이렇게 한다며?"

루오카는 새끼손가락을 건 채 흔들었다.

카오루는 그제야 알겠다는 듯 고개를 끄덕이고 작은 목소리로 노래를 부르기 시작했다.

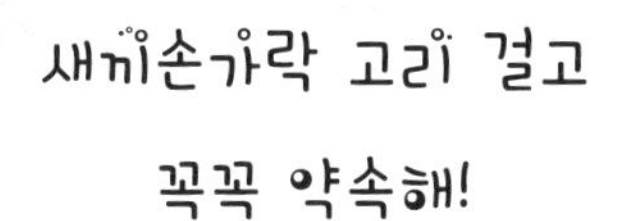

"약속을 어기면 바보래요!"

카오루가 깔깔거리며 말했다.

루오카는 천천히 새끼손가락을 풀었다.

"작별 인사는 하지 않을게, 카오루."

카오루의 얼굴이 또다시 눈물범벅이 되었다.

"나도 알아, 루오카. 바닐라, 또 보자!"

웃는 얼굴로 고개를 끄덕이는 카오루의 눈에 커다란 눈물방울이 맺혔다.

루오카는 금방이라도 흐를 것 같은 눈물을 손등으로 쓱 닦고 마법 지팡이를 꺼냈다.

공중에 마법원을 그린 다음, 다시 한 번 눈에 담으려는 듯 카오루를 잠시 바라보고 바닐라와 함께 마법원으로 걸어 들어갔다.

루오카는 한 번도 뒤돌아보지 않았다.

5년 후.

"그럼 간다, 루오카. 각오는 됐지?"

"네!"

루오카는 엄마를 따라 바닥을 힘차게 박차고 하늘로 날아올랐다.

"드디어 첫 출근이네, 루오카."

가방 안에서 바닐라가 얼굴을 빼꼼 내밀고 수염을 움찔거렸다.

"응, 그렇지."

루오카는 바닐라를 향해 윙크를 했다.

망토 속에 입은 원피스에는 '마법부 인증 마법사' 배지가 달려 있었다. 어려운 시험을 통과한 소수의 마법사만이 받을 수 있는 배지였다.

마법부에서 인증한 마법사에겐 인간계에서 도움 요청이 왔을 때 인간계로 몰래 넘어가 인간들을 도울 수 있는 자격이 생긴다.

오늘은 루오카가 첫 임무를 받은 날이다.

인간계에서 앞으로 일어날 예정인 큰 재해를 막기 위해 선택된 마법사들이 인간계로 향하고 있었다. 그중 한 명이 바로 루오카였다.

"잘 들어, 루오카. 어리다고 긴장할 필요 없어. 미오나 님의 지시만 잘 따르면 돼, 알았지?"

설교를 늘어놓는 바닐라의 조끼가 자세히 보니 뒤집혀 있었다.

'긴장한 건 내가 아니라 바닐라 같은데.'

루오카는 새어 나오는 웃음을 참으려고 애썼다. 앞에 보이는 커다란 마법원을 통과하자 그리운 인간계의 하늘이 펼쳐졌다.

선두에 있던 미오나가 뒤를 돌아보며 말했다.

"위치는 알지? 우리는 먼저 갈 테니까 넌 뒤에서 천천히 따라오렴."

미오나는 다른 마법사들을 데리고 엄청난 속도로 날아가 버렸다.

'역시 엄마는 멋있어.'

루오카는 무심코 아래를 내려다보다가 흠칫 놀랐다.

'여기는⋯⋯ 전에 와 본 적 있는 거리 같은데.'

자동차가 다니는 큰길이 보이고, 횡단보도를 건너는 학생들이 보였다. 그중에서 익숙한 얼굴을 알아보고 루오카는 눈을 크게 떴다.

'카오루……!'

짧은 단발이었던 카오루의 머리는 등을 덮을 정도로 길어져 있었다. 마치 예전의 루오카 같았다.

그 옆에는 카오루와 똑같은 교복을 입은, 리코와 똑같이 생긴 여학생이 있었고, 뒤에는 타소와 똑같이 생긴 남학생이 걷고 있었다. 셋은 즐겁게 이야기를 나누며 웃고 있었다.

그때였다. 갑자기 카오루가 우뚝 멈춰 서서 하늘을 올려다보았다. 루오카의 모습이 보일 리는 없지만, 오른손으로 햇빛을 가리고 루오카가 있는 쪽을 똑바로 바라보고 있었다.

손목에는 카오루와 루오카가 나눠 가진 우정 팔찌가 빛나고 있었다.

"웃는 얼굴을 볼 수 있어서 정말 다행이야."

루오카는 속삭인 뒤, 자신의 손목에서 빛나는 우정 팔찌를 꼭 쥐었다.

"가자, 바닐라!"

루오카는 모자를 고쳐 쓰고 푸른 하늘을 힘차게 날아갔다.

마법 세계를
소개할게!

✦ ✦ ✦

마법의 방

요정의 샘물 비눗방울

마법의 거리에서 카오루가
마지막으로 산 마법템은
바로 '요정의 샘물 비눗방울'이야.
이젠 인간계에 몰래 가지 않아도 돼서
솔직히 난 안심했다니까.
후유…….

마법 메모

요정이란?

요정은 등에 날개가 달린 소녀의
모습을 하고 있다고 알려져 있다.
또, 아름다운 환상을 보여 주고,
사람의 마음을 어지럽히는 능력을
가지고 있다는 전설도 있다.

※ 주의 사항 ※

추억은 현재가
차곡차곡 쌓여 만들어집니다.
비눗방울에 비치는 추억을
소중히 간직하고,
앞으로 다가올 미래도
마음껏 즐기세요.

당신의 미래가
찬란히 빛나길 바라며

Kaoru & Ruoka

가 보여 주는 마법 거울!

루오카

나이: 16세

봄부터 미오나 님과 함께
인간계를 구하는
마법사 멤버가 됐어!

마법부 인증 마법사 배지

인간들을
도우러 갈 때
이 배지를
달아.

가장 아끼는 것

카오루가
만들어 준 팔찌

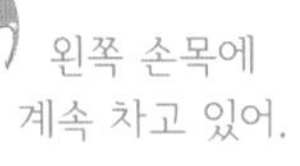

왼쪽 손목에
계속 차고 있어.

교복

승마복 같은 디자인이
마음에 든대.

요즘 좋아하는 과자

폭신폭신한 마시멜로★

"폭신폭신하고 달콤해서
너무 좋아!"라며
처음 인간계로 가기 전날엔
계속 이것만 먹었어.

장래 희망

아빠와 엄마처럼
인간계를 지키는
위대한 마법사!

마법 세계를 소개할게!

마법의 방

살짝 엿본 미래

5년 후에 카오루와 루오카가
어떻게 변했을지,
내 마법 거울로 관찰해 봤어!
너한테만 몰래 보여 줄게. 이건 비밀이야!

카오루

나이: 16세
봄부터 고등학교 1학년
동아리: 공예부

장래 희망

파시티에,
학교 선생님,
수의사 등등
꿈이 아주 많아!

가장 아끼는 것

직접 만든
팔찌

팔찌를 차야
힘이 난대.

소타랑 코리랑
같은 학교, 같은 반이래!

교복

앞에 달린 리본을
마음에 들어 해!

요즘 좋아하는 과자

마카롱★

"꺄아♥너무 귀여워서
못 먹겠어!"라고 말하고
먹어 치운다나?

학교 가방

카오루가 직접 만든
키링이 달려 있어.
(응? 나랑 닮았잖아?)